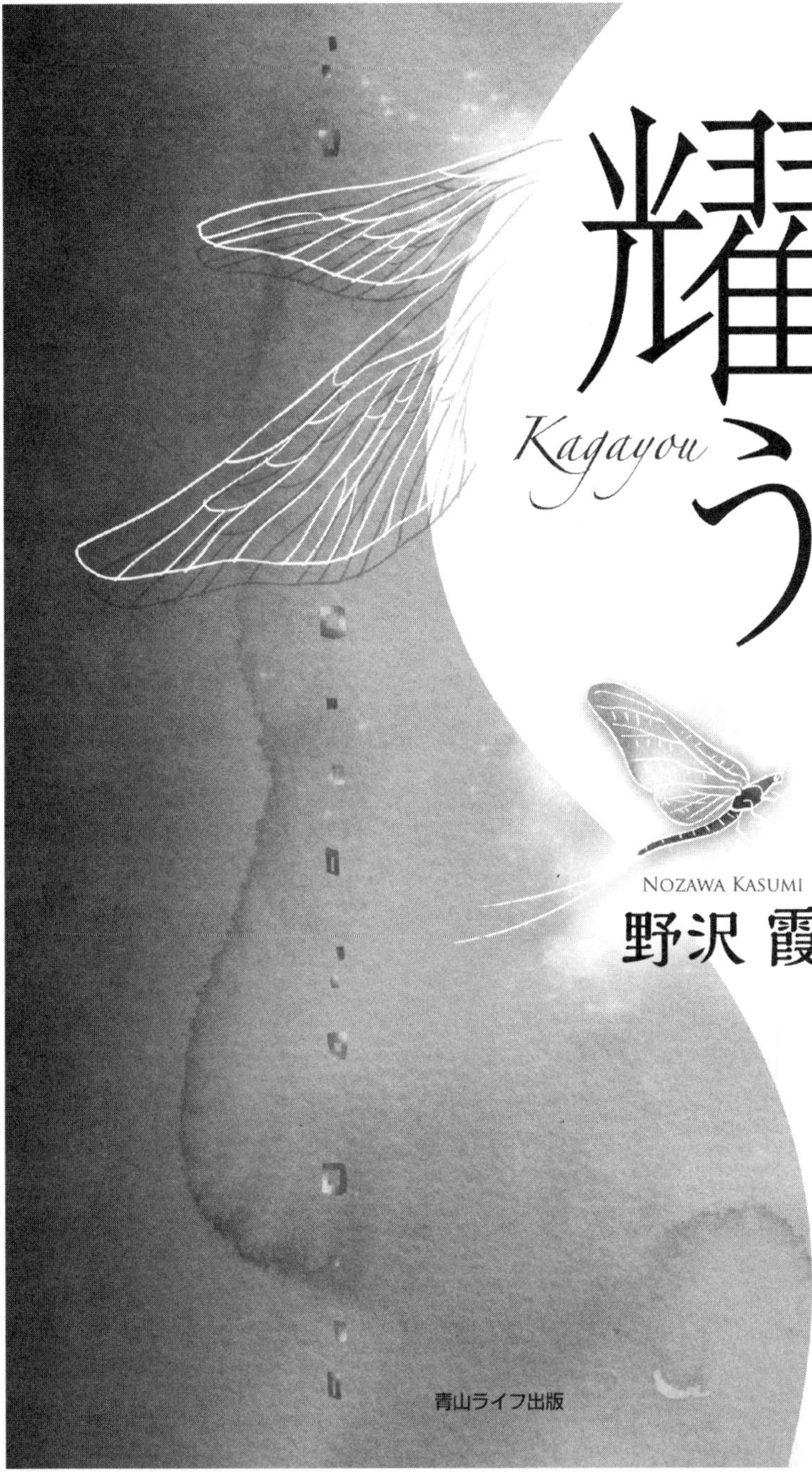

耀う

Kagayou

NOZAWA KASUMI
野沢 霞

青山ライフ出版

駅の改札を出て間もなく、高田えりはその青年に気づいた。ジーンズにベージュのハーフコートを着た青年が改札口を見つめていた。

一月七日正午に近い時刻だが、列車から降りて来る初詣の人々で駅構内は混雑していた。その雑踏の向こう、駅舎と隣接する書店の前に立つ彼は、早春の柔らかな陽光に包まれていた。その瑞々しい耀きは、けれどそれゆえに危うさもある、脱皮したばかりのかげろうの透明な薄みどりの羽を思わせた。これと同じ感覚を以前誰かに感じた事がある……思い出せないまま距離が縮まって、えりは目を伏せて彼の前を通り過ぎた。

「……高田先生」

ふいに呼ばれた。初めて聞く、静かな声。えりは振り向いて青年を見た。

「……泉りく、です」

はにかみながら青年は言った。

「泉……りく君……えっ？　あっ、高校生だった、あの？」

彼は苦笑しながら頷いた。

「まあ……でも、ああほんとうに、こうして見ると、りく君ね」

瞬時に記憶が蘇った。さっき青年を見た瞬間の感覚、あれは高校生の彼を初めて見たときの印象だったのだ。あのときの小柄な少年が、こんな見上げるような青年になっている。えりは真っすぐに彼を見つめた。

切れ長の大きな目、色白の頬と細い顎、一見女の子にも見える顔立ちは十五歳の泉りくにあったものだ。が、長身の広い肩や首は大人の男のそれだった。幼さの残る貌と伸びやかな体とのアンバランス。中性的な雰囲気を漂わせた不思議な魅力があった。

「りく君、この町だった？」

「……町の外れですが」

話しながら彼はときどき改札口の方を眺め、手に持ったスマートフォンを気にした。

「あれから何年経ちますか、よく分かったわねえ」

「……僕は二十六になりました……でも先生の顔は覚えてます。クリニックに行ったのは、あの一回だけですから」

静かな、しかしまだ大人になりきっていない少年の痕跡を秘めた清潔な声。

「先生じゃなくて、名前で呼んでね、もうクリニックは辞めたの。でもよかった、元気そうで。今は何をしてるの？」

「こんな」

と彼は胸のポケットから名刺入れを取り出し、その中から一枚抜くと、

「家業を継いでます」

と差し出した。

名刺には会社の名前と、代表取締役・泉りく、と刷ってあった。

「まあ、社長さん？」

「小さな身内だけの会社です」

色白の頬が僅かに染まった。あの少年が……えりは幸せな気持ちになって、名刺をバッグに仕舞った。彼はまたスマホを見た。長い指が開かれ、再び電話を握り締めて閉じられると、大切な人を待っているに違いない、と思えてくるのだった。

「りく君に会えてよかったわ。とてもうれしい。じゃ、お元気で」

「先生も」

頷いて、えりは二十メートルほど先にあるバスターミナルまでゆっくり歩き、神社行きのバスを待つ人々の列の後ろに並んだ。古墳で知られる吉備路、その中心地にある創建年代不詳のこの古社は、学問向上や商売繁盛などで人気のある神社だった。息子の智也も一年前の今ごろ祈願の絵馬を受け、志望の大学に合格した。今日その絵馬を、電車で六駅乗って納めに来たのだった。

振り返ってみたが、青年の姿はもうなかった。時折突風が吹き抜け、真冬の冷たさは感じるものの、えりは温かな感情に支配されていた。彼はこの町の外れに住んでいたのか。二十六歳の青年になった泉りくとの偶然の再会。一度きりだった面接を、憶えていたと言った彼の声を反芻していた。

泉りくとの出会いは、もう十年ほど前になるのか……。

えりは数年前まで、自宅から車で二十分ほどの所にあるメンタルクリニックに勤務していた。十年余りのカウンセラー時代、気になるクライエントは何人かいて、泉りくも、その中の一人だった。

その頃えりは三十代になったばかりで、心理カウンセラーになって三、四年が経っていた。勤務するクリニックは精神科医の院長と、男性一人、女性二人のカウンセラーがいた。初診は院長が面接し、心因性のクライエントにはその症状に合わせ適任のカウンセラーが担当した。

五月、若葉の艶やかな季節。けれど（木の芽時）と昔から言われるこのころになると、毎年、なぜか確実にクライエントは増えた。

彼らは通院を重ね、カウンセラーとの信頼関係が結ばれ始めると自分でも気づかないうちに一度胎児に戻り、再び生まれ、心の生長と共に親や社会との関係を結び直す。これは心を病んだ者たちが辿らなくてはならない道程で、幼児還りは快復に向かう目安になる。だが長い年月暗闇をさ迷い、やっと明りが見えてきたというのに、再び退行してしまうのも春のこの時期だった。

その日の朝担当したのは、母親と少年だった。

「高田えりです」

白衣の胸のネームが見えるように挨拶し、テーブルを挟み親子と向かい合わせにソファに座った。高校一年だという少年は小柄で、少女と間違えるほど優しい顔立ちをしていた。

母親はすぐに、

「この子、学校に行かなくなったんですよ。中学から私立の進学校に通わせていたんです。私が毎朝二時間かけて学校の近くまで送ってましてね。なのに高校生になって一週間行ったきりで、急に」

一気に話し出した。

「一歩も、トイレ以外は部屋から出て来ないんです。どうして学校に行かないのかって、いっくら聞いても何も言わないんですよ。もう一ヵ月半もこんなふうで。それで今日やっとの思いでここに連れて来たんです」

シルクのワンピースを着て、厚いメイクをした母親は、手振りを交え訴えた。

えりは頷きながら手元のカルテにメモしていった。

「部屋に閉じこもっているだけですか？　何かほかには」

「いいえ、布団をかぶって寝てるだけです」

「食事や入浴は、どうしてますか」

「呼んでも出て来ないんですよ。それで食事は私が部屋の前に置いてます。お風呂は何日かに一度、家族が眠った後にシャワーを使ってるようです」

「分かりました」

えりはペンを置いて少年に目を向けた。

「りく君、学校か友達の間で、何かあったかな？」

軽快な口調で聞いた。

少年は口を真一文字に結んで、自分のスリッパの先をじっと見つめている。

「ね、学校に行かない事は悪い事ではないのよ」

母親が横から、

「先生、行かなかったら将来どうなるんです、大学にだって進めないし。この子の姉は今大学生ですが、こんな事はなかったんですよ。なのにこの子は、毎日寝てばかりいて」

大きく振った母親の手が少年の脇腹に当たり、彼は僅かに身体を捻った。

「お母さん、側から見ると、息子さんは何もしていないように見えるでしょうけれど、違いますよ。学校にいかない自分を責めているんです、毎日ね」

母親は眉根を寄せて、黙った。

「ねえ、りく君。学校に行かない事はいいとか悪いとかという問題ではないからね。今は、体の力を抜いて、ゆっくり休む事が大切だよ」

一日中寝てばかりいるように見えていても、彼らは身体に力が入り、海老のように丸まって寝ていることが多い。

少年は微かに肩を下げた。が、何も答えず、一瞬目を上げてえりを見た。切れ長の大きな目と、きつく結んだ唇が、僕は何も応えはしないぞ、という意志を感じさせた。けれどそれだけだった。少年はまた俯いて足許を見つめた。真横に結んだ口許の強さとは対照的な、危うさがあった。脱皮したばかりのかげろうの、薄みどりの透明な羽。触れると破れてしまいそうだった。

「お母さん、もう学校に行きなさいというのは止めてください。ご心配はよく解りますが、ゆったりと構えていてやってください。りく君が落ち着いてから、それから何をしたいのかを話し合えばいいのですから。くれぐれも、口うるさく言わないように」

「はあ……」

「必ず、約束して下さいね。では、お母さんは待合室で少しお待ち下さい」

そのとき不安気な顔をしたのは母親の方で、少年はむしろほっとした表情だった。

母親は息子を気にしながら部屋から出て行った。

「りく君、誕生日はいつ？」

無論カルテで知っていた。来週少年は十六歳の誕生日を迎えるのだ。

「……えと、六月三日……」

か細い声……小学生の息子の智也より幼い、とえりは思った。

「じゃ、来週だね。その日またここに来てくれる？」

少年は濡れたような黒い睫を伏せたまま、長い時間無言だった。淡い照明の下の白い頰に光る産毛を見ながら、えりは少年の声を待った。長い美しい指、細い頸、その一つ一つが少年の心の危うさに結びついた。

「……もう、来ません……」

やっとのように、言葉を口から押し出した。

「今のままじゃ苦しいでしょう、少しでも楽になろう」

「……僕は自分が嫌いになった……」

「そうか……私も自分が嫌いになったときがあるよ。でも心配しなくていい、いつか好きになれる時がくるから」

「……」

「話す事が嫌ならね、このクリニックはその人に合わせて行う優秀な催眠療法もあるの。きっと心が楽になる」

だが少年は首を横に振ったきり、再び沈黙した。その頑なさと、柔らかな薄みどりの羽、ふたつはまったくの対極のようでいて、しかし磁場は同じだ。

今この柔らかな羽に強引に触れれば、わらわらと崩れ、二度と飛び立つ事が出来ないかも知れなかった。その危うさを感じて、えりは少年のカウンセリングを切り上げた。

「りく君、ほんとにゆっくり休むの。りく君は悪い事をしてるんじゃない、この事だけは忘れないで、ね」

少年の、ごくりと唾を呑み込む音が伝わってきた。

思春期にその脆さが現われる彼らは、勉強ばかりで遊びやスポーツを通して仲間と交わることを経験していない。えり自身も小児喘息の虚弱児で、中学生まで熱っぽい短い息を吐きながら、天井を見つめ寝ている日が多かった。体育の授業はすべて医者から止められ、校庭を走り回る級友たちを、疎外感と闘いながら教室の窓から眺めていた。未だに集団に対して違和感のある自分は、あの頃に何か大事なものを落としてきてしまったのではないかと、時々己を分析することがある。だから少年の気持ちが理解出来た。

だが、母親が強引にクリニックに連れてきても、本人に、楽になりたいという意思がなければ治療は困難だった。

少年には強い緊張があるが、接食障害や家庭内暴力はなく、薬の必要はなかった。それだけに催眠療法は、複雑な神経症に短期に対処できる効果的な治療方法だった。けれどそれも、強引に行なえば弊害がある。えりは母親には細やかな助言をし、定期的に様子を伝えてもらうように話した。が、やがてその連絡も途絶えてしまった。

自分が嫌いになった、と言った不登校の少年が、父親の後を継ぎ会社の経営者になっている。一度でも関わりをもった彼らが、未来に向かって歩き始めている喜び。そんな彼らなら、安心して忘れていく事が出来た。しかしどんなにカウンセリングを続けても、一歩も踏み出せないクライエントの方が多い。カウンセラーを辞めてからも、えりはふとした折りに彼らを思い出し、今はどんな生活を送っているのだろうと考え始めると自分の非力さをも思い知らされ、やがて最後には、解明など出来ようもない人間の心の複雑さを突きつけられるのだった。

今日、泉りくに出会え、えりは感動にも似た思いでバスを待っていた。けれど、透明な薄みどりの羽にも似た瑞々しい危うさは、今も彼から漂っていた……。

「高田先生」

呼ばれて、はっとして顔を上げると、泉りくが近くに来ていた。

「どうしました？」

「神社なら、帰り道です。僕の車に乗って下さい」

「……じゃ、そうですね、有難う」

えりは一瞬戸惑って、ちぐはぐな返答をした。その事が気恥かしくて、

「大事な人は来なかったの？」

苦笑しながらそう言って、すぐに後悔した。真っ直ぐな彼の目に圧倒された。

彼の車に乗ると、ほどなく神社に着いた。有難う、とドアを開け片足を車の外に踏み出したとき、

「……僕も初詣はまだだから」

彼はそう言って、駐車場に車を預け、樹木の中の参道を歩き出した。肩の辺り

までしかないえりの歩調に合わせて、長い脚をゆっくり運ぶ。参道は行き交う人で賑わっていた。二人は無言で歩いていたが、その沈黙は息苦しいものではなかった。えりは彼のその後の生活を聞いてみたいと思った。けれどカウンセラーを離れた今、聞くべき事ではない気がした。

「……先生」

「え、あ、もう名前で呼んでね」

「えりさん」

思わず彼の顔を見た。高田と呼ぶものと思っていたのだ。だが、

「……ずっと以前から、こうして一緒に歩いてたような気がする」

頬の辺りに僅かに微笑をためて、彼は言った。

「うん」

頷いてから、えりは自分がひどく無防備でいることに気づいた。そして、息子の智也が上京し、自分の中にあった芯が抜け落ちてしまったのかと、疑った。夫

と別れたとき智也は中学生になる前だった。息子と生きていく道を選んだえりには、自分の心を支えることで精一杯だった。カウンセラーは辞め、息子のために、出来れば自宅で出来る仕事をとパソコンの資格をとり、夢中で働いてきた。

「弱気になったら負けだぞ。待つな、合わすな、動いて攻めろ！」

いつかテレビで観た女子バレーボールの監督の言葉を、苦しくなるとえりは思い出した。だが、息子が念願の大学に合格し上京すると、安堵と空虚さが交互にやってくるようになった。

参道沿いの樹木は次第に密度を増した。大人二人が手を繋いでやっと抱えられるほどの楠の樹に、真新しい注連縄が巻いてあった。えりは立ち止まってその巨木を見上げた。

「ご神木、千五百年以上は経つのね」

「……そんな年月、僕には想像できない……」

振り返って彼は、ひび割れた巨幹に掌を当てて言った。コートのポケットにでも入れたのか、手にスマホはなかった。老木に添えた長い指は、寒気で淡い桜色をしていた。その瑞々しさが、智也を思い出させた。今ごろは都会のアパートの一室で学友と、昨日持たせた餅を焼いて食べているかも知れない……そんな場面をえりは一瞬想像した。

「いま何か考えてたね」

りくがじっと見ていた。彼独特の嗅覚だ、と思った。向き合うものが発する僅かな気配を瞬時に捉える感覚。たぶん私にも同じものがある、とえりは思い、そう思ったとき、さっきからの自分の無防備さが理解できた。

本殿に着いて絵馬を納め、参拝して顔を上げると、横のりくはまだ目を閉じ、頭を垂れていた。

引き返すうちに空が曇ってきた。

「さっき、何を祈ってたの?」

いたずらっぽく、えりは聞いた。

「……言えないよ……」

りくの頬が染まった。

しんとした冷気が漂い始めて、えりの頬に何かが触れた。振り仰ぐと、雪だった。細かな雪が舞い出していた。粉雪は頬に止まると、すぐに溶けた。

メールの着信音がして、えりはパソコンを打つ手を止めた。スマホを見ると、泉りくからだった。あの日参道を引き返すうちに手足が冷え、駐車場の向かいにある喫茶店に入り、一緒にコーヒーを飲んだ。

「……僕はあれから五年、部屋の中にばかりいたよ」

視線を逸らさず、りくは告げた。

「五年も？　そうか……でも、今はこうして立派に経営者になってる」

りくは困惑しているようにも見える笑顔で、頷いた。

「実は、家の者たちも驚いてる」

「そのキッカケを、聞いていい？」

「……父親が病気で倒れ、家族を養う者がいなくなった……」

「そう。……普通は五年も引きこもってると、なかなか社会に溶け込むのは難しいんだよ。りく君偉いよ」

彼はまた困惑したような笑顔で、だが実際は、感情を表面に出さないためにそう見えるのだが。コーヒーを一口飲んで、何かをじっと考えている様子だった。

やがて、

「……でも僕は、仕事関係の人間以外は、ひとりも友達がいない寂しい男だよ」

真っ直ぐに見つめて言った。

そのとき、えりの裡に形容しようのない感情が生まれた。憐憫とも、愛情とも違う、けれど、その全てかも知れなかった。それはさっきの粉雪に似て、えりの心に落ちて溶け、染みていった。

「ダンナさんの食事の用意、まだいい？」

言われて、外を見た。薄い闇が漂っていた。

「私、大学生の息子と二人暮らしなの。その子も昨日東京の大学に戻って。いつもは自宅でパソコンの仕事をしている時間なんだけど、今日はお休み。命の洗濯」

「そうなんだ」

言って、彼は明るい目をした。再会してから四時間ほどが経っていたが、時間の感覚がなかった。

「……メール交換しませんか」

彼は言いながらスマホを取り出した。桜色の指がしなやかに動いた。

《一月十四日　先日の偶然の再会。僕は何だか懐かしさでいっぱいだった。えりさん、今度はいつ会えますか？　また一緒に時間の感覚を忘れたい。来週ぐらいにはまた色んな話が聞きたいよ。仕事中だったらゴネンね》

泉りくからのメールは、えりを和ませた。あの日は彼の感情が酷く幼く思えた。部屋に引きこもっていた五年の間、インターネットで株式投信などもよく見ていたと話していた。そうするうちに経済学も学んだのか、父親から引き継いだ会社の経営は順調らしかった。しかし仕事以外の日常の社会性に、幼なさを感じた。

今日のメールは、自分の思いを素直に表現していて、その事が、えりには羨ましかった。

《一月十六日（雨）昨日は、酔った電話でごめんね。メール送りたい気持ちがお酒で行き場を間違って。今僕のところは、雨。えりさんのところと同じ雨音だったらいいいな。この間話に出たえりさんの好きな掌の小説、僕は今日読んだよ。今度、えりさんに朗読してもらうのも楽しそう》

《一月十八日　僕には、よく漠然とした将来の不安みたいなものを感じる時があるのだけど、日常の生活の中にえりさんの事を思い出す空間が出来て、安らかな時間が増えている事に気づいたよ。仕事中だったかな。あまり無理しないでね》

《一月二十日　さっきメール書いていてね、長いこと考えて長い文になってしまって、それがくどくて遠回しなメールになったので、全部消してまた書き直した。もう紳士的な心配りや余計な飾り、適度な話題などは省いて言うよ……えり大好きだ、おやすみ》

一日の仕事を終え、夕食が済むのを見計らったように、りくのメールが届く。仕事で尖った心が穏やかになり、優しい気持ちにさせられた。

今夜のメールは、りくの若さと可愛さが真っすぐに伝わってきて、えりは思わずスマホの中の彼の番号をタップしていた。

「いつも、メールありがとう」

言ってから、ごきり、と心臓が動くのを感じた。
「おやすみなさい」
それだけしか言えず、電話をきった。
《一月二十一日（トラ）昨日僕は、えりの声を聞いて、あの後、飢えた動物のようになってしまった。でも、声が聞けて嬉しかった。今は、寂しさを感じている人間かな。僕は、なにが言いたいんだろう……》
《一月二十二日　やっと、やっと会えるね。僕は、今ね、えりからもらったメールを改めて読み返してみた。思い遣りのあるメールばかり。いっぱいありがとう。明日は、前よりもえりと僕の気持ちが通じあえそう、僕は、それが何よりも楽しみ》
その日、先日再会した駅で待ち合わせた。ここが丁度、二人の中間点だった。

改札を出て行くと、りくが近づいて来て、無言でえりの目を見つめた。

「こんにちは」

えりはさり気なく言って、気恥ずかしさを隠した。りくの目が笑っていた。車で走るうちに雪が舞い出した。大きな綿雪だった。ふわりとフロントガラスに落ち、溶ける。

「りく君、雪国って、読んだ？」

「うん、かなり前」

「学生のときに先生にね、『君は、葉子だね』って言われたの」

「……葉子？」

「ええ。雪国には、二人の対照的な女性が出てくるよね、豊かな愛情で男たちに接する駒子と、一生にひとりの人しか愛さない、と言った葉子。私はその葉子だって」

「……一生にひとりの人しか……」

「たぶんその頃は、私は直線的で、栗のイガのように心をガードしてたんだわ、きっと」

「……解る気がするよ」

「今は、豊かな愛情で人を愛せたらいいなって思う」

信号が赤になり、車はゆるゆると止まった。

「なぜ、私が好き？」

「……僕にも解らない……」

笑顔ではなく、今度は本当に困惑している表情で、りくは言った。頬が染まって、えりはそんな彼を綺麗だ、と思った。


《一月二十四日（えり……）昨日は、楽しかった……えりといると、ものすごく心が落ち着く。話を聞いていると、えりの世界に吸い込まれそうになって、それが僕には、まるで魂が洗われているかのような心地。えりの前だと虚勢のない

僕でいられる》

《一月二十五日（いっぱい）今日ね、えりが言ってた（人生での出会い）その事が何度も僕の頭の中を走り回り、そのうち、会うべくして会ったのかなって……僕は、そう思わずにはいられなくなって。そしたら、あの時の僕の答が見つかったよ。僕は、この出会いが運命としか思えないほどえりが好き。いや、ほどじゃ足りない。僕は、この出会いが運命としか思えない、えりが好き》

その日、仕事が早く上がり、えりは電車で三駅先にある会社に納めに行った。打ち合わせを終え、書類が入った紙袋を抱え晴れた空を眺めながら駅まで歩くうちに、無性にりくの声が聴きたくなった。思いきって電話を掛けると、丁度彼の方も時間が空いているという。駅前の書店で待つうちに、りくの車が着いた。

「突然で驚いたよ。でもうれしい。え？　何？」

「スーツ、似合うわね」

濃紺のスーツが、長身の彼を大人っぽく見せていた。

「……今日は仕事着で、実は心配してた。えりが嫌がらないか」

「素敵だよ」

りくは車を操り、前方を見ながら微笑んだ。

少し走って、喫茶店に入った。窓側のテーブルが幾つも空いていて、陽射が射し込んでいた。りくは長い脚を伸ばし、ゆったりと椅子に座った。白いYシャツが清潔だった。

「暖かいこの席で紅茶とケーキなんて、お洒落よね」

「僕も、同じ物」

「りくも同じなの？　あっ」

「りく、でいいよ。僕はね、えりと同じ物を食べ、同じ気持ちを味わいたい」

ケーキが運ばれて来ると、りくはえりの手元を見ながら、同じ量をホークで口

に運んだ。そして目が合うと伏し目勝ちに微笑んだ。暫くして急に思い出したように、

「……僕は、どうしてか、男らしさが足りないよ」

「え？」

「好きな人がいても、すぐには抱きしめたり出来ない」

「それは、信頼関係がないと……」

「……」

「心配しなくても、本当に好きな人が出来たら、愛しあいたいって、きっと思うようになるわ」

「僕は……誰も信用できない……僕の心の中はえりが想像出来ないほど暗いよ」

「……」

「……僕は僕自身さえ信用できないんだ」

そのとき、彼の目の悲しさに、えりはハッとした。

「……僕は……僕は好きでもない人と。……横に来て誘われたら、その気になってしまう、そんな自分が信じられない。一つになっても愛なんかじゃないんだ……」

「……そうか」

陽射しはいつの間にか翳って、薄暮の気配が漂っていた。

えりは紅茶を一口飲んだ。冷たいものが喉を通り、胸に落ちて行った。りくは正直な男だ、とえりは思い、そう思いながらも寂しさが拭えない。

「プライドがあるから生きていける、って思ってたけど、逆にプライドを捨てたら、どんなふうにも生きていけるのかしらね。人間て……」

嫉妬に似た感情だった。素直になれない扱いにくい自分が姿を現わしてきそうで、えりは無理に笑顔を作った。りくが、無言のまま見つめていた。

《一月二十七日　今、部屋の電気を消して、布団の中に頭ごと入りながらメールしている。こうすると、僕は胎内にいるようで自分の気持ちに素直になる。スマホの画面の光は、まるでランプのような役割を添えている。昨日は、別れてから、えりを家まで送ればよかったと後悔した。でも、僕のえりに対する自信のなさが気持ちとは裏腹に送りたい衝動を制した。ごめんね、電車が来るまででも一緒にいたかった。今日、僕のこと思い出してくれたかな。僕は、どうして僕はえりが好きなのか考えていたよ。いつまでたっても答は、分からなかったけど、ずっとえりの事、考えていたよ。途中、えりの話していたプライドという言葉が怖くて苦しかった。僕の好きがえりにまっすぐ伸びていない不安にどうしていいか分からなくなった。布団の中の空気が湿り気を帯びて薄くなってきた。少し苦しいけど、このメールを書き終えるまで出てはいけない気がする。えりは、今、なにを考えているの？　僕の事をどんな風に思っているの？　えりがふとした拍子に態度を一変させてしまわないか、僕は、不安。でも、このそのままの気持ちのメールを、えりが読んでくれたら、僕は少しの間、落ち着ける》

《えり、返信ありがとう。僕は、安心して眠れるよ。おやすみ》

《一月二十八日　僕は、今、どんな出だしのメールを書いても、おかしく感じてしまう。だから、メールなんかより、えりを抱き締めていたい。えりの静かに優しい微笑みが見たい。早くえりに会いたい。昨日は遅くまでスマホを握り締めていてくれて、ありがとう。少し照れ臭いけど、メールにキスして送信する、えりに僕の全ての気持ちが伝わるように》

《一月二十九日（音楽）今日ね、僕は、髪を切ってきたよ。少し切りすぎて無細工になってしまった。この髪のままじゃ、えりに会いたくない。でも、それ以上にえりに早く会いたい。いつも、メールを書くとき聞く曲があるんだ。電話の着信音もその曲。今度一緒に聞いて欲しいな》

《一月三十一日 えり、えり、えり。僕の脳の中は、えりって言葉を認識させる電気信号でいっぱい。えりという電気信号の交通量が増えて、神経の道は広くなった。なんか上手に例えたようだけど、そんな事は関係なくて、ほんとにそうであって。ただの事実。今日、あまり良い事がなくて、なんだか変なメールになっていそう》

その日、えりは電車を降りるといつもと反対側の改札から出た。通路から眺めると、りくの姿が見えた。約束の時間が少し過ぎていた。背後から驚ろかそうと思っていたえりは、改札口を見つめる彼の姿があまりにも真剣なのに胸を打たれた。

「りく」

えっ、と振り向いた彼の目に安堵な色がひろがり、口許がほころんだ。

「えりどこから来たの？」

「希望の国」

りくは小さく笑って頷くと、駐車場に向かって歩き出した。ジーンズのポケットから車のキーが覗いていて、それに朝日が当たり、彼の歩調に合わせてきらきら揺れた。

「今日、えりが行きたい所は？」

車に乗ると、りくは穏やかな表情で聞いた。

「曇ってるけどあまり寒くないから、そう……森の中をりくと歩きたい」

「じゃあ、あそこだ、ホトトギスの森。奥に行くと原生林だ」

「不如帰の？　初夏になると鳴くのかしら」

「うん、いつからかそう呼ばれてるけど、僕は中学生のとき以来行ってない」

「不如帰って、この世とあの世を往来する鳥なんだって」

「……知らなかったよ」

「子供のころ父に聞いたの。それで不如帰の鳴き声がすると、彼の岸から父や母が私に会いに来たのかって。ほんの一瞬だけどね」

「……そうだといいね」

森に着いて車から降りると、山の匂いが濃かった。落ち葉や苔の香りが肺の中に広がって、えりはなぜか涙ぐみそうになった。さっきあんな話をしたせいかも知れないと思った。

「……僕は長い間、こんなふうに木や草の匂いを意識しながら歩いたことがなかったよ……」

森の中を歩くうちに一瞬、雲が切れた。強い光が、りくの薄みどりの羽を金色に染めて耀う。えりは息を詰めてそれを眺めた。

「どうかした?」

「りくが耀いて、感動したの」

「……僕は、えりと一緒にいると素直になれる」

えりはそっと、手を繋いだ。長い指が強く握り返してきた。

《二月三日（昨日、楽しかった）僕は、えりの手が繋ぎたかった。空気の清々しさ、木の香り、久々に歩く感覚。その全ての裏には、えりの手を繋ぎたい気持ちがあった。ごめんね、僕からしっかり握ってやれなくて。そして、ありがとう、優しく手をくれて。あの瞬間、僕は、えりと宇宙船に乗ったよ。えり、また、僕と一緒に宇宙船に乗ってね。僕は、これから夢のトンネルをくぐり抜けてえりに会いに行くから。待ってて。》

《二月五日 今日、僕は、えりのこと考えながら机に向かっていると、えりが恋しくなってえりから借りた小説を読み始めた。それから好きな音楽を聞いた。僕は、とても優しい気持ちになれたよ。えりもそうだよね》

《二月七日　今、仕事で飲んでます。トイレに逃げてきました。もうすぐ会えるね。また、飲み終わったら、メールするね》

《今帰ったところだよ。このまま、えりと手を繋いで眠れたら、どれだけ幸せかな……》

その日のりくは、会ったときから落ち着きがなかった。口元が絶えずほころんでいて、伏し目がちに時々えりを見る。

「何？」

「……後で話すよ」

車で初めての町を走るうちに、赤い三角屋根と白い窓枠という、御伽噺に出てきそうな、喫茶店を見つけた。

「お茶しようか」

とりくは喫茶店の前に車を停め、後部座席から何か包みを出して、後ろ手に隠しながら店内に入った。窓側の丸い木のテーブルに腰を下ろすと、また口元が解けた。

「……えりはダージリンティー？　ん、じゃそれ二つ」

注文を受けてウエートレスが下がると、

「僕はもう、えりの嗜好になってしまったよ」

晴れやかな目をして言った。そして後ろ手に持っていた包みを、

「……少し早いけど、おめでとう」

と差し出した。

「えっ、まあ、覚えててくれたの？」

「えりの誕生日、何贈ろうかって、ずーと悩んだよ。でも僕は幸せだった……。贈る人がいるということの幸せを、僕は初めて知ったよ」

「……ありがとう」

受け取りながら瞼が熱くなった。初めて知った、という言葉が胸に染みた。

「……うれしい。帰ってからゆっくり見せてもらうわね」

言いながら、えりもまたバッグから包みを取り出すと、

「りくに贈るならこれって、デパートの売り場を通るたびに眺めてたの」

微笑みながらりくに渡した。

「あ、バレンタインの？」

「ええ。とてもチョコレートとは思えない、これはもうアート」

「……開けてもいい？」

「どうぞ」

長い指がリボンを解き、包装紙を除ける。待ちきれない様子で箱を開けたりくは、あっと、小さく声を発し、暫らく眺めていた。水色の環を巻いた球、鮮やかなオレンジの縞模様の球、瑠璃色の球……それぞれの特徴と色をもった九個の惑星が、箱の中で小宇宙を創っている。

「……額に入れて飾っておきたいよ」

りくが言った。えりはふふふ、と笑った後に、苦さが残った。昨年までは息子のために売り場を眺めて歩いた……。智也がいなくなった空洞をりくが埋めてくれている、そう思っていた。だが、りくが言葉にする全てが、智也に繋がっていく……。

りくに向ける気持ちに気づいたとき、息子をこんなふうに愛して育てただろうか、と考えがそこにいき、その贖罪のようにりくを慈しみ、えりはそんな自分がひどく愚かしく思えた……。視線を感じて目を上げると、りくの真っ直ぐな目とぶつかった。

帰宅して包みを開けると、白いカップが出てきた。紺のスーツの青年が赤いバラを抱え、その横に〝大すき〟と赤い文字が入ったマグカップだった。一緒に、四つ折りの便箋が入っていて、開いて見ると手紙だった。

えりへ

えりに物語を読んでもらったときに、感想を聞かれて、実は、内容を理解するのがやっとで、何も分かっていなかった。でも、読んでもらっている時に、何かこの朗読のお返しをしなくては、自分も物語を書いてお返しをしようなんて思って、それでも、なかなか、思いつかなくて、けれど、えりの誕生日が迫ってくると、あー、えりの誕生日に手紙とプレゼントを一緒に郵送できたら、なんて素敵だろうとか考えて、そうすると、だんだん頭の中に書きたい内容が浮んできて、結局は、えりへの気持ちを書こうって、えりに対する、後ろめたさのない、純粋な好き、自分の心の中で一番綺麗な部分をもってして言える好き、自信のある好きを伝えようって、そしたら、純粋、ピュアといった方がお似合いの二人、僕と、君、が頭の中に登場して、二人のやりとりで気持ちを伝えようって閃いた。

君は元気だったかい。僕は、君のことを誰よりも深く理解している。君だって、僕のことを一番理解しているだろう。僕らは、いつも一緒にいたし、現実に苦しんで君が逃げるように闇の中に消え入った時も、何も見えない暗闇の中で僕は、君を見つけだした。そして、闇から抜け出るまでずっと手を取り合った。それから、僕らは、離れ離れに生きた。遠く離れ、時がまとわりついて、ようやく、僕は、君から自立した。やがて、君のことを思い出すようなこともなくなり、前だけを向いて生きるようになった。

本当は、僕は、君が必要だった。ただ、一人で生きていくには、君を忘れるしかなかった。耐え難い苦痛で心にわだかまりを覚えつつも、僕は君を忘れていった。いつの間にか、君を忘れたことさえも、忘れてしまった。そうすると、胸の痛みが薄らぎ、心のわだかまりが自然なものになり、いつしか、その痛みも、わだかまりさえも僕は、見分けられなくなった。

君を忘れた僕は、僕自身を失ったも同然だった。自分を失った僕は、勢いを増して、そこに様々な色を塗っていった。その色は、数を重ねる度に暗くなり、最後には黒くなった。水彩画が好きな君は、美しい黒というものを知っている。けれども、僕の黒は、美しい黒ではなく、総ての色が複雑にもつれ合う、歪んだ黒だった。僕の心に映る景色は一色になってしまった。耳に届く音にも抑揚がなく、総てが単調で、僕は、そこに居場所を見出すように、なにも感じなくなった。

もし、その時、君が僕の瞳を覗き込んだなら、君の猫のような目は冷たく鈍い光りを発し、失望を浮かべながら哀れんでいただろう。

しかし、僕は、今、君を思い出すことが出来た。

君と別れてから、かなりの時間が過ぎた。僕は、もう君を思い出せなくなっていたし、君のいた世界に本当の自分を置いてきた僕は、全く違う自分を作り上げていた。

しかし、突然、新しく作り上げた僕は、崩れた。

本当の僕を見てくれる女性が目の前に現われたから。

僕は君を思い出さずにはいられなかった。デジャビュー。十五歳の僕との再会。彼女の瞳もまた、君のように美しく、僕は、彼女の瞳の中に吸い込まれていった。気がつくと、僕の視界に立ち込めていた霧は、綺麗に晴れ上がり、五感すべてが息を吹き返した。複雑にもつれあった様々な色たちは、一つずつ水の中に溶けていき、とうとう透明な色になった。

そして、再び僕に豊かな感情が溢れ出した。

僕の目の前で一生懸命話す女性を中心に優しい光が広がっている。隣りでメモのようものを見ながらコーヒーを飲んでいる人も、後ろの方で話している人も、仄かな光を帯びている。空気も澄み渡り、林の中にいるような香りさえする。君と僕がそうだったように、彼女もまた、僕と同じ世界を見ている。

また君と一緒だったときのような毎日が訪れた。でも、何かが君の時と違っている。

僕は、彼女に恋をした。人を信用することさえ出来なかった僕が、恋をしている。

る。あれほど人を信用できなかった僕を知っている君には、信じがたいことだろう。でも、確かに僕は、彼女を愛している。愛しくて、たまらない。この温かい気持ちを君に分かってもらいたい。いつか、君の猫のような瞳が恋をしたら。この温かい気持ちを胸に抱くことができたら。僕の手紙を思い出して。

ピュア、というイメージを一貫して持ち続けながら、気持ちの深さに届くまで書き続けて、ようやく、書き終わって一息ついて、好きな小説の一節なんかを読んだりして、書いたものを読み返すと、思わず赤面して声を上げそうになった。こんな代物を誕生日に、しかも郵送までして渡そうとか思ったことが恥かしくなった。でも、気持ちは本当だったし、もう覚悟を決めて渡そうと思ってしまうと、意外や、なんだか早く渡したくなってきて、もうどうしようもなく子供のようになってしまった。

昨日の酔いは、完全に抜けているので関係はないんだけれど、本当はもうそろそろ家を出なければならなくて、ところが勝手に暴走してしまって、書きたいことが書かれていない。そう、書こうと思っていたのはプレゼントのこと。えりの持っている服を全部見たわけじゃないのだけれど、いつも、えりの着ている服を見るたびに素敵だな、綺麗だなと思っていて、勝手に僕のセンスと似ているなとか勘違いしながら、これだったら、自分の選んだプレゼントなら絶対気に入ってくれるはずだとか意気込んで、宝石屋さんに足を運んで、安くて上品で美しいものを買おうとしたものの、安いものに良い宝石はなくて、もちろん、えりには安い宝石は似合わないとか思いながらも、探してみたけど、やっぱりない。高い宝石を買うほどのお金もないので、雑貨屋さんでウロウロしていると、色々な会話の思い出とともに、カップが目に飛び込んできて、次の瞬間、といっても、カップ売り場の前で十分は、不審者のように彷徨っていたのだけど、店員を呼んでラッピングしてもらったよ。

いつも使っているお気に入りのカップがあっても、たまには、このカップを使って僕を思い出してね。

そして、お誕生日おめでとう。これからも仲良くしてね。あーほんとに読み返す時間もないし、照れ隠しのようなおかしい、このままの乱文、許して下さい。

泉　りく

読み終えて、えりは暫らく身動き出来ないでいた。外界を遮断し、耐え難い苦痛と焦りを感じながら過ごした永い歳月。りくの痛みが、ひりひりと伝わってくる手紙だった。そしてまた、自分をも信じることが出来ないと言っていた彼が、心を開き、人を愛しく思えるようになったと言う。

えりはカップを手の平に載せて眺め、その美しい曲線を描くY字型の器を両手で包んだ。しんとした深い想いと、静かな哀しみが胸に広がっていくのを感じた。

《二月十日 手紙とプレゼント、えりが喜んでくれて僕はやっと安心できた。昨日は楽しかった。チョコと小銭入れありがと。僕は、今から金星を食べて仕事頑張ります。えりは風邪気味のようだったから、ゆっくり休んでね》
《二月十五日　えり、元気になった？ いま、また仕事で飲んでる。終わったら、えりの声ききたいな。無性にえりを抱きしめたい気分。でも、もう少し付き合いが続きそう。また、メールするね。でも、眠かったら、ちゃんと寝るんだよ》
《電話つながらなかった。ものすごく不安になってしまった。ちょっと声を聞きたかった。でも、えりに無理とかしてほしくないから、そのままゆっくり寝て欲しい気持ちもある。えり、大好き。おやすみ》
朝目を覚ますと、スマホにりくからのメールが届いていた。開いて見ると、誕生日おめでとう。そのメッセージの下に赤いハートが並んでいた。数えてみると五十個ある。えりは思わず吹き出して、それから暖かな空気が胸いっぱいに広がるのを感じた。

〝りくの腕に包まれているような幸せ〟 そう返信し、着替えて洗面所に行くと、艶やかに光る頬をした女の顔が鏡の中にあった。

《二月十八日　今日の誕生日、一日えりは楽しく過ごせたかな。今ね、すごくえりを抱きしめたい気分。えりを抱きしめて、穏やかな気持ちになったところを想像すると、僕は、とても幸せ》

夜遅く、電話が鳴った。受話器を取るとすぐに、

「僕。お母さん今日誕生日よね」

待っていた声。張りのある智也の伸びやかな声が、耳に響いた。

「うん、ありがとう。……元気でやってる？」

「ああ」

「食事ちゃんと摂ってる？」

「大丈夫。昼、夜は学食で、案外うまいんだ」

「よかった。智也は馬のように食べるから」

ハハハと、智也は快活に笑い、

「五月の連休には帰るから。仕事、あまり無理しないで。それから戸締まり気をつけて。じゃ」

「有難う。智也も体大事にして。おやすみ」

受話器を置いてから、ゆらゆらと胸の奥から湧き上がってくるものがあり、それはふいに頬を伝って落ちた。りくに対する思いとは、明らかに違った……。

《二月二十日　今、僕は、県外に研修にきてるよ。研修が終わって懇親会がはじまったところ。来る途中、車で一緒にきた仕事仲間にえりのこと話してた。じゃ、また、酔ってなければメールするね。風邪が治ってきた頃だろうけど、体、大切にしてね、大好きなえり》

朝テラスに出ると、冷気が肌を刺した。水を溜めた鉢の中に薄氷が張っている。透明な光りの板に指先で触れると、パリっと小さな音と共に崩れた。その崩れて耀う結晶に、えりは暫らく見とれていた。

電話の呼び出し音が鳴っていた。

えりは急いでリビングに戻り、テーブルの上のスマホを取った。

「えり、おはよう。僕は今日研修から帰るけど、夕方会える？」

いつもは静かなりくが、今朝は何だかきびきびしていた。

「おはよう。ええ、会いたい」

「じゃ、また電話するから待ってて。今からもう一社打ち合わせして、午後から走り出すよ」

「運転、気をつけて帰ってね」

えりは心が浮き立つのを覚えた。パソコンに向かい、ふと目を上げると、もう一時になっていた。四時間も集中していた事に満足し、それから軽い昼食を摂った。その後首を回したり全身を伸ばしたりしながら、テラスに出てみたが、煌く結晶はもう水跡もなかった。

連絡があったのは、三時ころだった。

「やっと、仕事仲間を送り届けたから、一時間後に迎えに行くよ」

「りく、疲れてない？」

「大丈夫だよ、僕は」

やがてりくが到着し、えりはその車に乗った。

「長い時間、ご苦労様」

「ありがとう。僕は昨夜ひどく呑まされたよ、何だか冷やかされて」

「ほんと？　じゃ今日は苦しかったね」

「でも、シャンとしてる。これからえりを海の見える所に連れて行くんだからね」

「……海の？」

「一時間ほどかかな、夕陽が綺麗だよきっと」

「うれしい。でも、りくが……」

「疲れは吹き飛んだよ」

りくは言ってえりと手を繋ぐと、片手で器用に車を操った。

山道を登り、下り、やがて海が見えてきた。巨大なオレンジの球が水平線で燃えている……えりは目が離せなかった。りくは海岸沿に車を停めると、窓ガラスを下げた。一気に、潮の香りと波音が流れ込んできた。小さな波が寄せては返し、波頭がキラキラ耀いた。

「……言葉なんていらないわね」

「えりが喜んでくれるのが、僕はうれしい」

微笑みながらりくは静かに言った。

えりは彼の手を強く握った。温い……えりはその手を両手で包んだ。燃える球体が少しずつ水平線に沈んで行く……。金色の波間を無言で眺め、時々見つめ合った。やがて陽が完全に落ちると、急激に闇が広がった。

「……えりは魚料理好きだったよね」

「うん」

「じゃ……」

りくは言って、海岸線を走り、間もなく大きな建物の前に車を停めた。この辺りでは名の通ったリゾートホテルだと分かった。

りくがフロントで何か話すうちに、和服の中年の女性が近づいてきて、

「御食事はこちらです」

と、奥の部屋に導かれた。テーブルの幾つかに先客がいて、賑やかに食事をしていた。

案内されたテーブルには予約の札があった。

「りく、予約してくれてたの？」

「……誕生日に、連れて来れなかったから」

「……あんな素敵な手紙とカップを頂いたのに……有難う」

りくは、はにかんだ微笑みで頷いた。

食後のコーヒーを飲み終えると、

「ここ、温泉も有名なんだよ」

とりくは立ち上がり、ホールを横切ってエレベーターに乗った。えりは足許がふわふわして、りくの手をしっかり握っていた。五階で降りると、彼はコートのポケットからカードを取り出してドアを開けた。中は広く、ツインではなく、トリプルベッドで、ジャガードの応接セットがあった。

「ゆっくり、くつろごう」

と、りくはえりの手を繋いだまま、ソファに深く掛けた。えりが座ると、急に、

「ここ」

と、えりの手を自分の胸に持っていき、

「……息が、苦しいよ……」

笑いながら言った。掌に、ドキンドキンとりくの命が響き、えりの鼓動と共鳴した。

「……私も……ね」

「……さっきのフロントからどう振る舞ったらいいのか、僕は内心オドオドしたよ。仕事以外では、えりとは初めての事ばかり……」

「でもりくは、きちんとエスコートしてるわ」

りくはえりの肩に腕を回し、暫らく無言だった。やがて、

「……僕は、やっと解ったよ、えりの言ってたこと。人を本当に好きになるってことが……」

微かに、りくの唇が頬に触れた。えりは瞼を閉じ涙を堪えていた。

答を待つように、じっと目の奥まで覗き込むりくの瞳。その上気した頬に指を触れながら、えりは言った。

「とても素敵だよ、りくは」

「……優しいね、えりは」

言いながらえりを抱きしめた。

「僕は呼吸も、鼓動も、えりと一緒じゃなきゃ、嫌なくらいだよ」

えりは彼の前髪を掻き揚げ、唇で軽く額に触れ、

「有難う」

と心の底から言葉が出た。りくは微笑んで顔を近づけると、闇の中で光る猫のような目で見つめた。その時、（彼を愛する事を許して欲しい……）急にえりはそんな気持ちになって、その許しを乞う相手は、他の誰でもなく、泉りくにだと思った。

「音楽消していい？僕は騒がしいのが苦手……」

と、りくは部屋のＢＧＭを切った。波の音が微かに聞こえた。

何気なく時計を見て、驚いた。

「え？　もう十一時。りく明日早いでしょう」

「えりは明日忙しい？　僕は仕事の段取りはしてきたよ。明日の昼までに帰ればいいんだ」

「……ほんとなの？……ん、仕事は大丈夫。だけど、思い掛けなくて……。お家の人には？」

「『どうぞ』って言ってたよ。好きな人が出来たのを知ってるらしい」

ふいに、えりは彼の将来を突き付けられた気がした。りくは何と説明しているのか……急にしがみついたえりを、りくは強く抱きしめた。

「どうしたの？」

「うれしい」

けれど今は、自分の気持ちに素直でいたかった。心を決めると、えりはりくの胸から顔を離して、微笑んだ。

「部屋のバスも温泉らしいよ、入る？」

「じゃ、りくからどうぞ」

彼は何も身につけず、勢いよく立ち上がってバスルームに消えて行った。それは艶やかに耀う、青い竹にも似ていた。


浴槽は海に向かって造られていた。窓には大きなガラスが嵌まっていて、海が一望できた。冬の夜の海は暗かったが、えりの心には拘りがなかった。

えりがガウンに着替えて戻ると、ソファに座ったりくの、ガウンから出た長い脚がリズムをとっていた。えりに気づいて、あ、とイヤホーンを外すと、

「一緒に聴く？　いつか言ってた曲」

「うん」

横に座ると、りくはイヤホーンの片側をえりの耳に嵌め、もう一方を自分の耳

に戻した。

「……えりはこの曲すき？」

「……透き通った音の群れ……と言ったらいいのかな。うん、好き」

「よかった……」

曲が終わるとりくはイヤホーンを抜き、すっと横になってえりの膝に頭を載せた。見上げてくる彼に、えりは微笑んで頷いた。暫くして、はっとした。無意識に手が彼の背中を軽く叩き、あやすようにリズムを取っていた……。

りくはされるままで、安らいだ表情で見上げていた。が、ふいにえりのガウンの端に顔を埋めると、長い脚を折り曲げて膝の上で丸くなった。それは、母親の胎内に浮ぶ胎児そのものだった。

ひやりとしたものが、えりの胸に触れた。りくの心の病は、まだ完全に快復してはいない……。

りくが無意識に、生まれ変わるための母体として私を選んだのなら、それでもいい。とえりは思い、胸底に触れた冷たさが通り過ぎるのを静かに堪えた。やがて心の揺れが治まってみると、ひどく優しい気持ちになっていた。

「ね、りく、来世人間に生まれてくることが出来たら、えりの恋人？　それともえりの胎内に居たい？」

りくはさっと顔からガウンを除けると、

「えりの恋人だよ」

柔らかな目で、だがキッパリと答えて起き上がった。

「何だか恥かしかったけど、ああすると、とても落ち着くよ」

言ってから、えりを抱き上げるとベッドに運び、長い腕を大きく回してえりを包んだ。えりは混乱した。

「……夢じゃないよね」

明るい声でりくは言って、えりの目を覗き込んできた。真っすぐな目だった。

「痛い？」

えりはりくの細い顎を甘く噛んだ。噛みながら感情の裂け目を繕おうとしていた。

「いや、やっぱり夢か」

大人の男になったりくは、強くえりを抱きしめた。

《二月二十二日 今、ようやく仕事が終わった。昨日は、僕のほうこそありがとう。帰りの道は、少し混んでいたかな。でも、大丈夫だったよ。昨日のことは、僕には、現実と思えなかった。あの部屋ごと違う銀河系に迷い込んでいたかのよう。そして、ベッドの上でえりの顔を見つめていると幸せすぎて、しかも、そのえりが僕のものだと思うと、もう本当の喜びというものが体の底からとめどなく湧き上がってきて、僕は、えりを抱きしめてキスしたくてたまらなくなっていた。また早く、僕は、えりの綺麗な瞳を違う次元の空間で見つめたいよ。えりもあまり寝ていないから、体、大事にしてね。大好きなえり》

《二月二十三日　えり、キッシンググラミーって魚を知ってる？　この魚は、つがいのうち、一匹が死ぬともう一匹も死んでしまうんだ。寂しくて食べることができなくなって。今、僕は、ようやく、その魚の気持ちが分かるようになったよ。えりが横にいないと寂しいよ》

その夜、メールを読むと、えりは彼の声を聞かずにはおれなかった。

「りく、いま電話大丈夫？」

「大丈夫だよ、さっき夕食終えたところ」

「いつも心のこもったメールで、とってもうれしい。それに、ね、りくは言葉の感覚が素晴らしい。私はその事にも驚かされるの」

「……えりに、誉められると嬉しいよ、でも、正直な気持ちなんだ」

「りく、こちらのキッシンググラミーは、まだまだ死なないからね。食欲がありすぎる」

「ほんと？　僕も最近よく食べて、少し太り出すよ、きっと」

そのとき、何か音がして、あ、というりくの声が聞こえ、

「後で、掛け直すよ」

とすぐに切れた。十分ほどして、電話が鳴った。

「ごめん、姉が部屋に入って来たんだ」

「お姉さん？」

「……えりと再会したあの正月の日ね、僕はあの日、駅に姉を迎えに行ってたんだ。結局は翌日になったんだけどね。……一度結婚したけど、戻ってきた」

「あ、あの日？　そうだったの。電話していいの？」

「うん、いつもの事だよ。いきなり入ってきて、何かごそごそしてて、気が済んだら出て行くよ。だけど時々僕のスマホ見てるようで。だから暗証番号変えたよ、メール見られないように」

「えっ、私との遣り取りも見てたの？」

「……たぶん、でももう大丈夫」

そのとき、家族の中のりくの存在が、急にえりの前に姿を現わしてきた。りくは幼い頃からこうして干渉され甘やかされ、そのために大人になりきれなかったのではないか……他人が入り込む隙間など、たぶんない……。

そんなえりの感情には気づかないふうで、

「……えりは夕食何作るの？」

屈託のない声で聞いた。

「ん、さっきからコトコト煮込んでる、シチュー」

「わぁ、旨そうだ」

「ルーもお手製、バターと小麦粉を練って牛乳を加えたホワイトシチュー」

言ってから、胸の軋みを覚えた。「まだある？」智也の声が聞こえた気がした。

「……いつか僕にも作ってね」

りくの声だった。

「うん」

話しながらも、突然部屋に入ってくると言った姉の存在に、えりは拘っていた。

だが一方では、りくが家庭で可愛がられている事に安心している。最近の矛盾だらけの自分が、よく解らなかった。少しずつ嫌な自分が増えていく……。

「りく、風邪ひかないように、ね。じゃ」

声のトーンを上げ、えりは電話を切った。

《二月二十四日　さっきは、電話ありがとう。僕は、えりとの会話で話が途切れた無言の間、心がキューとなって、えりを抱きしめたくてしょうがなくなる間だよ。今日は、夢でえりに会いたいな。えり、会いに行くからね》
《二月二十五日　えり、最近僕は、仕事で不安を覚えると、現実逃避するようにえりと一緒にいるところを想像してるよ、ピザ食べてるところだったりね。そしたら、すごく楽になれる。ところでこの間の、えりが見た流れ星……、もしかしたら、僕は、人間だと思い込んだ、えりを愛するためにやってきた宇宙人かも。そうだったら、僕は、嬉しい。いつか、星を一緒に見に行こうね》

《二月二十六日（今、とても）えりが恋しい。すごく恋しい。僕は、えりのところへ行きたいよ、胸が苦しいよ》

《えりは、謝ることないよ。僕も、離れてるのに、えりに甘えてごめんね。でも、心配してくれて、ありがとう。僕がえりと会えたのは、偶然じゃなくて必然だと感じてる。だから、僕とえりの未来は、はかない空想や夢で終わったりしないはず。えり、愛してるから》

《二月二十七日　僕はね、今日は、昨日より少し落ち着いてるよ。雨が降ったからかな、しっとりした気持ちでえりを想ってる。言い表せない不思議な感覚の中にも温かみを感じられるのは、えりの存在のおかげ。なんか書いてる間にも、陽気に幸せを感じて、僕は、少し変だよ》

《そう、言うの忘れた。昨日、僕は、えりの夢を見たよ。奇妙だけど、幸せな夢だった。今度、会ったとき話すね。今夜もえりの夢が見れるといいな》

《二月二十八日　(はやく)早くえりを抱きしめたいよ。えりに会えない一週間は、ながい》

その日は朝から薄日が射していて、車で三十分ほどの場所にある美術館に出掛けた。平日のせいか入館者は少なく、二人は自由に館内を歩き回れた。

「私はユトリロが好き。彼の使う白や、建物の屋根や壁の線のずれ、その僅かな歪みが魅力」

「……僕はね、向こうにあった、(夕暮の小卓)か、ル・シダネルだったかな。あの静かな気配が好きだよ」

「りく、らしいわね。うん……。またユトリロの話なんだけどね」

とえりは目の前の(モンマルトルーテルトル広場)を眺めながら続けた。

「建物が歪んでいるのは彼の技法かと思ってたんだけど、どうやら彼はアルコール中毒がひどくて、その発作に襲われながら書いたらしいの。あの微妙な崩れは、手の震えかも知れないって、私は思ってる。健康になってからの絵は明るいけど、緊張と躍動感のある不思議な魅力は、消えたと言われてるわ」

「……完全なものではなく、少しいびつなものの方が……」

りくは目を絵にむけたまま何かを考えているらしかった。やがて、

「……僕は、えりの話を聞いているうちにね、大検を受けて大学に行ってみよう

かって、そんな事を、最近思い始めたよ」

「大学に？　そう……」

「すぐには無理だから、誰か仕事を任せられる社員を育ててからの、話だけどね」

明るい陽射が射し込んできた気がした。えりは笑顔で頷きながら、次の絵に向かって歩き始めた。二十六歳のりくにはまだどんな可能性も残されている……。

えりは、カリエールの（想い）の前で足を止めた。ぼうっと霧に包まれたようなモノクロームの画面に、頬に片手を当てた物思いに耽る女が描かれていた。その絵の感傷的な雰囲気に惹かれ、そのとき、自分の裡にある翳りが視えた。それはその後、情熱的なりくのしなやかな腕に抱かれても、消えることはなかった。りくと別れてからは翳りはますます濃くなって、生き生きした女の顔とは逆に、えりの精神は脆くなっていった。

《三月二日（昨日会ったのに今、えりが恋しいよ）麻薬中毒には、二種類ある。それは、精神的中毒と肉体的中毒。医者の話によると、心情が原因でどうにもならないのが精神中毒、体に禁断症状があらわれ体がやめるのを許さない肉体的中毒。もちろん、前者から後者も伴う場合もある。まだ、医者に診てもらってないが、どうやら僕は、その両方に侵されている。既に僕の手は細かく震えている。昨日の快楽の代償が今になってやってきた。僕の精神と肉体は、疼いてばらばらになりそうだ。三月八日は、予定がないので大丈夫だけれども、それまで僕の肉体が禁断症状に、世界中の不幸を一人で背負うような精神的苦痛に、耐えられるか、僕は、不安だ》

《三月三日　今日、春のようにぽかぽかした日差しの中、僕は、車を運転していた。すると、膝の上に置いてあったスマホから微かに音が鳴った。メールが着いた知らせだ。前方との車間距離を少し多めにとり、左手の慣れた手つきでメールを開く。好きな人からのメールだ。僕は、少しワクワクしながら、もう一度タップして中身を確かめた。優しくて温かくて綺麗で、まるで春の訪れを感じさせるかのような内容。えり、僕もえりが聞いた鶯のさえずりが聞こえたよ。今度は、一緒にきこうね》

《三月四日　今日は何だか疲れたよ。お休み》

《三月五日　昨夜は、ごめんね。えりに僕と同じ気持ちになって欲しい寂しさで悲しくなって、素っ気ないメール送って。今、えりに借りた本、読んでる。もう少ししたら、寝るよ。えり、大好きだよ。今、とても、えりの空気を感じたい、えりの空気は僕を、僕であらせてくれるから》

《三月六日　えり、今、もし、車がなくても僕は、メロスのように、マラトンの

ように走ってえりに会いにいきたい気分だ。手前の急な坂も休まずに》

《三月七日　僕は、えりが好きでたまらない。えりは、僕のこと好き？　急に不安になってしまって、苦しいよ。胸が締めつけられるよ。はやく会いたい。会えば、苦しいのおさまると思うから》

《三月九日（僕の芯）昨日、えりに包み込まれながら眠った一時間ほどの甘い瞬間、今日、僕は、それを思い出すたびに幸せに浸っていたよ。僕は、えりがいないと生きていけなくなってしまった。僕の芯は、もう、えりの中にある》

《三月十日　今日、同業者との会議が長引いて、クタクタ。えりが作ってみたという蜂蜜入りのキャベツジュース、今度僕も試してみるね。体によさそうだから。昨夜は会議の資料作りで明け方になってしまって、今僕は、ねむねむ。おやすみ、

大好きなえり》

《三月十一日　色々、休みの日曜日、僕は、いつも少し不安になる。土、日が休めない仕事だから。でも、えりと過ごした時間が長くなっていき、そして、その時間を思い出すと、不安が減り、次に会える楽しみが増えていくよ。さっきジョギングしてきて気持ちよかった。僕は、今から軽く汗を流して寝るね。昼は、暖かいけど夜は、寒いから体に気をつけてね。えり、おやすみ》

その日は、車を運転するりくの頬が寒そうに見えた。

「りく、何だか元気がないよね」

「……嫌な事が頭の中でごちゃごちゃしてる」

「何かあった？」

「……高校の同級だったD君が、電子工学の分野で活躍してた。他にもA君やN

君もね、分野は違うけど……」

「連絡があったの？」

「……僕は、誰とも交流はない……。インターネットで見たんだ」

「そうか……」

「……昨日、テレビでどこかの大学の合格発表をしてて……僕もあのまま高校に行ってたらって……」

「この時期、いつもそう思うの？」

「……一年中。……後悔ばかり。僕はコンプレックスの塊……」

「りくがコンプレックス持つのおかしい。大学出たって、りくのような文章書ける人はいないよ、りくは言葉の感覚が素晴らしいし、文章もいいわ。私は嫉妬してしまうほどよ。いつかりくが小説を書いたら、私が一番にフアンになるわ」

「……そんな……」

「また、暗闇の世界に引きこもりたい？」

「……もう、出来ないよ……あの時は学生だったから……今は全員社会人、隠れるところがない」

「りくは立派に会社の経営者になってる、頭もとてもいい。そして心もね。私はりく大好き。きっと他の人も、りくを認めてるわ」

「……僕の事、えりは知らないんだよ。……僕はえりの前にいるときだけ、素直なんだ」

「……辛かったでしょう。どうやって耐えてきたの」

「……パソコンのブログに、それは誰にも見せない本当の自分を、日記なんだけど、毎日毎日書き込んだ」

「そう……。それは、私にも見せられない？」

「……たぶん、死ぬまで誰にも……」

「そうか……。でも、いつかきっと自分が好きになれるときがくるから」

「……僕は誰にも話した事がなかったよ、こんな事」

「話してくれてうれしい。どんなりくでも、私の気持ちは変わらないよ。……りく、いつもご馳走になってばかりだから、今日は私ね。美味しいお寿司屋さん見つけちゃった」

「ほんと？」

やっと、りくの頬に赤みがさした。けれど彼にとっては束の間の解放感かも知れなかった。

「りく、信州に行った事ある？　去年の秋、東京駅で見たマンションの広告ね、信州の抜けるような青空の下に連なる雪の白馬、あまりの美しさに、私は暫く写真の前から動けなかったの」

「……僕は仕事以外に、岡山から出たのは、唯一カナダだけだよ」

「いつか宝くじでも当たったらね、その温泉付のリゾートマンションを買うのが、夢。スキー場も近いし。毎日部屋の窓から白銀の峰を眺めて暮らすの」

「……いいな」

「りくも、一緒に行こうね」

「……ほんとに行きたいよ」

助手席のえりを見て、りくは微笑んだ。それから手を繋ぎ、大きく息を吸った。

《三月十二日 車の屋根に当たる雨の音、パチパチ、とんとん、カタカタ、どんな風にも聞こえる。そのうち、それがえりえりって聞こえるようになって、そしたら、ウイーンウイーンと鳴るワイパーの音もえーりえーりと聞こえてきて、僕は、とうとう全ての音に神経質になってしまったよ》

《今、僕は、えりの膝枕で寝たい、えりが恋しい、雨上がりの後の寂しさでえりにしがみつきたいよ。忙しくて、少し遅くなってごめんね、えり、大好き、おやすみ》

《三月十三日　何を書けばいいのか、普段なら探せば見つかるのだけど、どうも今は、どんな内容もしっくりこない、ただ、僕は、今、えりに、メールをしたいという気持ち、何故かそうしないと駄目なような気がして。ずっとえりのこと、考えてる。僕は、お菓子でも食べてこようかな》

《えり、優しいメールありがとう。僕は、えりが僕を愛してるよりももっとえりを愛してる。心配かけてごめんね》

《三月十四日　お昼は、長く話し付き合ってくれて、ありがとう。楽しかったよ。僕は、早めにゆっくり寝るね、えりも無理しないで、早く寝てね。白馬のリゾートマンション。青い空と雪の白馬。イメージは、もう出来上がってるから、今夜は、大好きなえりと一緒にマンション最上階から風景を眺めている夢を見たいな。おやすみ、好きな、えり》

《三月十五日　えりと僕は、赤い糸で繋がっているよね》

《うん、さっき赤い糸を強く感じたから。えりの言う、その赤縄って凄い強い絆なんだね、安心したよ。おやすみ、えり、大好き》

《三月十六日（カット）今、少し髪を切ったよ。明日楽しみ》

改札出口に来て、えりは慌てた。手に持っていた切符がなくなっている。さっきまで確かにあったと、コートのポケットやバッグの中を捜すがない。りくが改札口に近づいて来て、いたずらっぽい笑顔で見ていた。駅員に事情を話し、えりはやっと改札を抜けた。

「……恥かしい」

「可愛いよ、焦ってるえりも」

「そう？」

車に乗ると、りくは運転しながら時々えりを見た。

「何？」

「……うん、早くえりを抱き締めたい気分」

繋いだ手からりくの体温が伝わって来る。えりは微笑んで手に力を込めた。

「今日はえりを、僕の隠れ家に連れていくよ」

「えっ、りくにそんな所があるの？」

ふふっとりくは小さく笑って、

「仕事で使う部屋だよ」

話すうちに、小さなマンションの前に車は停まった。

中に入ってすぐの部屋にソファと大型の机があり、パソコンやプリンターそれに書類が目についた。白い壁が清潔だった。りくはエヤコンを入れると、

「座って」

と、ソファに腰を下ろしジーンズの脚をゆったりと伸ばした。並んでえりが座ると、ジャケットのポケットから小さな包みを取り出した。

「チョコレートのお返しだよ」

「えっ、あ、ホワイトデー？　有難う。……開けていい？」

りくは微笑みながら頷いた。えりは白いリボンを解き、パステルカラーの淡い水色の包装紙を開けた。

「……きれい……」

小さな真珠を集めた花のような、ネックレスだった。手に取ると、細いプラチナのチエーンがきらきら揺れた。

「……うれしい……」

「してみる？」

とりくは腕を伸ばし、えりの背後からネックレスの金具を止めた。

「黒のセーターによく似合うよ。鏡みる？」

指差す方向に、えりが立ち上って行くと、廊下の突き当たりに洗面所があった。動くたびに、鏡の中でミルク色の真珠が揺れ、ハイネックの周りが銀色に耀う。眺めているうちに、店内を捜して回る彼の姿が浮んできた。きゅっと胸が鳴って、えりは足音を忍ばせて部屋に戻ると、ソファに近づき、背後からりくを抱き締めた。

「大切にするわね」

唇を触れると、頬はぱっと染まった。

「えり、今日はピザ食べに行こう」

言ってりくは立ち上がると、えりを強く抱き寄せた。

《三月十八日　昨日のピザも美味しかったけど、今日僕は、自分でパスタ作って、それがすごく美味しかったよ。えりにも食べさせてあげたかったな。少し早いけど、おやすみ、えり、大好き》

《三月二十一日 今、他県の得意先に来てる。風邪で昨日よりも喉が酷くなって、僕は、男らしい声になってしまったよ。えりは、元気かな。えりに会うまでに治すよ》

《三月二十二日（宇宙のえり）今、えりに会いたい。いつも、仕事でうまくいかなかった時は、やけ食いしてふて寝するとおさまるのに。えりと出会ってからは、そんなことしても、僕は駄目になってしまった。えりと一緒にいたい、それからお酒飲んで手を繋いで寝たい。ごめん、明日だ、もう少し我慢しよう。今、詩を読むといいかもしれない。そのまま寝よう。ところで、今朝、僕は、綺麗な夢を見た、夜空、正確には、宇宙に無数の青く輝く星、黒と青の万華鏡に迷い込んだような感覚、そのとき、えりの存在が夢の中でそれとシンクロして、えりの存在の感覚みたいなものを体中で感じたよ。スマホだと長文は、疲れるね、少し風邪気味なのもあるかもしれない、明日に備えて寝るね。えりに借りた（高橋順子）の詩集を読みながら……。
草ずもうって知ってる？
ぼくらはおおばこの茎を手折り
空の下で遊んだ
草ずもうなんてしなかったわ
草ずもうなんてつまらない
じきに飽いてしまったきみが言う
もっと悪いことをしたわ
草を結んで知らない人を躓かせる
枯葉を上手にかぶせて陥し穴をつくる
きみは少女の目をして笑った
……えり、大好き、おやすみ》

《三月二十五日　やっと風邪が治ったよ。声も僕の声になった。えりは元気かな。南の方では桜のうわさ。ここはまだ蕾。えりとの約束、咲いたらお花見。えり、大好き、おやすみ》

《三月二十七日　えりの膝枕で寝たいよ。えりの家に時々やって来るという黒猫に変身してそっちに行きたいぐらい。えりは、ゆっくり過ごせたかな、僕は、忙しかったけど今日は事務処理ばかりだから、のほほんとえりのこと思い浮かべながら楽しかったよ。そろそろ片づけるね、えりも早く寝てね、大好き、おやすみ》

《三月二十八日（アイシテル）えり、今日、僕は、仕事がうまくいって気分がいい、そして、ラーメン食べてきたよ。えりも遅くまで、お疲れさま。食べると、すごい眠気。一足お先に寝るね。えりも体調に気をつけて早く寝てね。僕は、えり大

好き、えり、おやすみ》

《三月二十九日　えりは、不思議な魔法使い。（今ここは突然の雪です）と、えりのメールが来て、会議で尖った僕の中の竜が一瞬にして穏やかになり、えりの石清水のような一滴が僕の体に染み渡って、僕は、目が醒めた。えりは、僕の急所を知っているんだね。こちらは、ただ冷たい風が吹いてるよ。そこへ行きたい》

「もしもし、りく、今電話いい？」

「あ、ちょうど帰宅したところ」

「この間からの私の首の痛みだけど。今朝早く、外科へ行ってきたわ。その行きがけに、ダイヤモンドダスト、それをね、見たの。住宅の途絶えた、左が原っぱのあの場所で」

「ダイヤモンドダスト？　すごい」

「頬に僅かに感じてはいたけどね、肉眼では見えなかった。その氷の微粒子が、突然、射して来た朝日に、銀色に耀いたの。きらきらと無数のダイヤモンドが空中で舞ってた」

「……僕も一緒に見たかった」

「気ずいたら、息を止めて見つめてた。三月も終わろうとするこの時期にね、素晴らしいご褒美。……首はね、少し痛めてるんだって点滴をされて。帰宅するところから、何だかひどく感覚が鋭くなって。危うく私は、自分を裏切るところだった」

「……自分をって、どんな事？」

「……うん、りくにケンカ吹っかけてめちゃくちゃにして別れを告げようか、ふらふら街に出て、自分を汚してしまおうか、なんて思ったりしてね」

「困った人だねえ」

「だけど、そのうちに、自分の裡から立ち上がってくる狂気めいたものは、あの点滴のせいだ、って気がついたの」

「あ、痛み止めの……大丈夫？」

「もう、心をコントロール出来るから」

「……解るよ、僕も時々えりとの事、壊してしまおうかって思うときがあるから。でも、僕はえりが好きだ」

「有難う。まだ二、三日点滴に通わなくてはいけないの。気をつけるわね」

「うん、パソコンの仕事も、首のために少しセーブしてね。……えり、聞こえる？」

「えっ、……ああ、ピアノ」

「姉だよ、近所の小学生に教えてるんだ。真上の僕の部屋へはよく聞こえてくる」

「そうなの。……じゃ、そろそろ。りく仕事お疲れ様」

「えりもね、風邪ひかないで」

電話を終えてから、再び感覚が鋭くなり、彼の姉も、ピアノも、そして『姉だよ』と言ったりくの甘やかな声にさえ、えりは憎しみを抱いた。

《三月三十一日　えり、さっきは電話ありがとう。僕は常にえりの感覚と交わりたい。えりの研ぎ澄まされた狂気の感覚……僕は、そこへも、僕の感覚を二人の水の音がするほど卑猥に交わりたい。えり、強く愛してる、おやすみ》

その後三日間、やはり点滴後に高揚感が続いた。難しい仕事が簡単に捗ったが、精神状態はよくなかった。仕事を終えて夕食を済ますと、たちまち心に翳りが出た。過敏に尖った神経は、理性の蓋を簡単に外し、醜さを曝け出す。精神に付着した小さなシミが徐々に拡大していく様に、えりは時々蹲って呻いた。りくを取り巻く全てが憎くて、そして愛しかった。そんな自分の感情を振り払うために、明け方までパソコンに向かった。集中が途切れると、息子の智也を想い、涙をこぼした。けれど智也が憎いとは一度も思わなかった。

《四月二日 ここは、酷い風雨。昨日は、すぐ寝れた? 僕は、眠れずにえりのことだけ想ってた。(写真添付) 右下に写っているのが川で奥が文化センター。畑で働いてるおじさんは、小さいけど、ちゃんと写ってる》

《四月三日 (もっとえりの近くへ) 先日えりに借りた小説読み終えたよ。僕は、無性にえりの今読んでいるものを読みたくなった。えりが読んだものを読んで、また、同じものを二人で読んで、僕は、えりの感性に近づきたい》

《四月五日 (はぐ~) 僕は、えりの温もりを早く感じたい。今朝、夢に魘されて目が覚めて、僕は、隣りにえりがいないことが、それが悲しかった。明日、僕は、大好きなえりをいっぱい抱きしめるからね、おやすみ》

キッチンに海苔の香りが広がった。りくの好きなおにぎり。約束の花見だった。

彩りよく重箱に詰め終わると、丁度時間になった。

迎えに来たりくは、えりが助手席に座るとすぐに、

「おいしそうな匂いだね」

と風呂敷包みを見た。

「りくの好物がいっぱい。花の下で食べようね」

「うん」

町の外れの古墳公園は、人があふれていた。近くの駐車場に車を入れ、歩き出したが、淡く連なる花の見事さに、立ち止まっては眺め、深呼吸をした。清らかな空気が微かな香りと共に肺に満たされた。りくは風呂敷包みを抱え、

「……僕は花見にきたことなどなかった……」

頬が紅潮している。

「写真、撮ろうね」

「僕がえりを撮るよ」

「一緒に……」

えりが周囲を見渡し迷っていると、

「撮りましょうか？」

カメラの三脚を担いで通りかかった男性だった。

「あ、お願いします」

えりのデジタルカメラを受け取ると、アングルを変え、二回シャッターを切り、

「きれいに撮れたと思いますよ」

言いながらカメラを戻し、再び三脚を担いで歩いて行った。

はにかんだ笑顔でりくは礼を言い、

「……写真って、何年振りかなあ……」

そう呟いた。

桜を眺めながら公園の中央まで来ると、芝生が広がっていた。青々とした芝生

に車座になって食事をしている人たちがいて、春の光が満ちていた。

「おにぎり、ここで食べようか」

「そうだね」

と、りくはもう座って、包みを解き始めた。

「……わあ、おいしそうだ」

「全部食べてくれたら、うれしい」

「えり、同じ物を、一緒に食べていこう」

「ええ」

りくはおにぎりに齧りついて、

「ニョリノ……ウ……」

「何？」

口の中の物をようやく飲み込むと、赤面して言った。

「……ああ海苔の香り、って言うつもりが……」

「うん、ぱりっとしててね」

穏やかな陽射しを受けているうちに、時間の流れが変わったような気がえりはした。

「こんな団欒、僕は何年振りだろう……」

りくは芝生と桜を交互に見ていたが、急に目を閉じて俯いた。

「どうしたの？」

「……昔僕はえりに会ったような気がするよ。何百年も前に……」

目を開けて、りくは微笑んだ。

「そして再び、この世で出会った？」

「うん」

優しい眼をして、えりを見つめた。

《四月七日　いつもの服も素敵だけど、今日のジーンズも素敵だった。そして、二人で見た桜、座って目の前の芝生をえりと一緒に眺めていると、うねった芝生に春の陽射が不思議に反射して、それがまるで、着物袴を着けた五、六人の公家たちが蹴鞠りしている、平安時代の貴族の庭に迷い込んだような錯覚を僕におこさせて、なんだか、それを見て楽しんでいる帝の夫婦の心地だった。えり、改めて大好き、おやすみ》

《四月九日 今、大きな家に僕一人と犬一匹。缶チューハイと貰い物のシャンパンで気持ちよく酔ったよ。つまらないテレビに飽きて、犬のお気に入りの寝床を占領してたら顔を舐めて攻撃してくる。ただ添い寝するだけでよかったのに。それで、退散してきて、えりにメールを書いてる。僕は、えりが好きだ。言葉って、便利で不便。いま、僕は、えりのことがどんだけ好きか伝えたいのだけど。深い深い穴があって、その穴に落ちると、人は、底につくまでに餓死してしまう。僕のえりへの愛の深さは、それぐらい。今、話したいよ、眠たいけど。えりは、友達皆で楽しい飲み会だね。僕は、しようがないから、えりを連れて旅に出るよ、僕の夢は、周囲の人がびっくりするほどカラフルで、えりを綺麗な星ぼしの中にもつれていける。話したいよー、眠いよー、綺麗で大好きなえりと添い寝したいよ、ちょっと酔ってるかも、手が疲れ、入力がしんどい、えり、愛してる》

午後のティータイムだった。えりはパソコンを離れ、二階から肩を回しながらリビングに降りた。紅茶の用意をしていると、メール着信音が聞こえた。見ると、りくからだった。

《四月十一日（今の気持ちの感じ）僕とえりは高校生。いつも、学校が終わると一緒に図書館へ行く。その日も、僕は、本を読むふりをして、そっと彼女の瞳を見つめる。えりは、もしかしたら、僕に見つめられているのを気づいているのに、知らない素振りを続けているとしたら。僕は、読んでいない本のページをめくり、えりの無意識の呼吸に耳を澄ませた。僕の呼吸は、彼女の呼吸にリズムを狂わされた。それを整えるように静かに大きく息を吸い込んだ。その時、えりの息もかすかに乱れた。二人の言葉のない疎通、僕は、それを垣間見た瞬間、顔にだせない嬉しさを消し去るために本を置いて窓をみた。そのとき、雨が降っていることをはじめて知った。やがて雨音が大きくなり、僕たちは、自然にその音の中に溶けていった》

読み終えて、えりは暫く返信をためらった。今までも幼さを感じていたが、今日のメールの中には二十六歳のりくはどこにも居なかった。心を病んだ十五歳のままでりくの感情は止まっている。えりを信じ、寄り添ってくるりくは、病んだ痕跡が次第に色濃く現われてくる……。ダージリンの深い香りが漂ってきた。琥珀の鏡が揺れ、えりは静かに口をつけた……。

《四月十三日　今日は、僕の頭の中で嫌なことが溢れて、明日、会えるのに。だから、僕は、もう、早く寝るね。えりもお疲れさま。明日、いつも通りね。大好きなえり、おやすみ》

「りく、写真、とてもよく撮れてるよ」

車に乗って、えりは一番に告げた。桜の下で何枚も写していた。

「……そう」

「里はもう散り始めてるから、足立山の桜観に行く？」

「行こうか」

山道に入ると、八分咲きの山桜の大木が一面に見えた。路肩が広く空いている場所に車を停めた。桜の下にベンチもある。車外に出ると、空気が甘かった。ひんやりした山の風が頬を撫でる。

「ベンチに座って、写真見ようか」

「……うん」

「同じ物二枚ずつ焼いたから、これはりくの分」

「……僕は、いいよ」

「えっ……」

「……写真は嫌いだから」

えりの肩を抱いた笑顔のツーショット。大事なふたりの記念……。えりの胸の中で激しく何かが弾けた。

「だったらいい！」

「……」

「こんな写真、お姉さんに見られたくないから？」

「違うよ」

「りくはいつも『姉が、姉が』って言うわね。メール見られても、りく笑ってた、私は凄く嫌だった。お姉さんの事、私が大っ嫌いなの、りく知らないの？」

「……」

「必要以上にりくをかまって、だから……」

その後の言葉は、飲み込んだ。

「……僕の写真は、家に一枚もないよ……僕が全部破り捨てたんだ」

「……」

「……僕は自分の顔が、嫌いだ」

えりはハッとした。けれど退けなかった。

「この写真は、破られるとあまりにも私が可哀相だから、持って帰る」

「……破らないよ」

「じゃ、捨てる時は返してね」

「……捨てないよ」

胸の中の塊がいつまでも粉れない……子供じみた片意地を張った嫌な自分が、えりを支配していた。

「りくは、もう白馬には連れて行かない」

「……」

「お姉さんの所がいいんでしょう？」

「連れてけばいいじゃないか！　姉は僕なんかより、新しい彼氏に夢中だ」

初めて、りくは感情を顕にした。

「じゃあ聴くけど、ふたりで知らない土地で暮らす覚悟はあるの？　今の生活をすべて捨てて。白馬に行く、ということはそういうことなのよ」

私は何を言っているのか、そんなことは望んではいない……写真はいらないと言われた遣り場のない寂しさが、えり自身を追い詰めていた。

りくは俯いて無言だった。

自分が発した言葉の衝撃で、えりは足元が揺れていた。

背中が冷えだして、目を上げると、霧が山を降りて来る。木々は薄いベールに包まれ始めていた。

「霧が出てきたわね。りく、今日は帰ろうか」

「……そう」

まっすぐ前方を見てハンドルを握っているりくは、何を考えているのか……。言葉を掛けなくてはいけない、そう思いながら、疲労感と空しさで、えりは話す気力を失っていた。

帰宅し、手を洗っていると右頬に違和感があった。鏡を覗くと僅かだが、頬がぴくぴく痙攣している。指で押さえながら、えりはリビングのソファに凭れた。そのままとろとろと眠った。目を覚ました時、外はもう暮れ色が広がっていた。りくへの仕打ちが強く胸に迫ってきた。自分がどうしょうもなく愚かに思えた。えりはソファから立ち上ると、うろうろと部屋の中を歩き回った。友達が一人もいないりくは、家庭の中が彼の全世界なのだ。話題は当然家族になる。解っていて、ひどい言葉を投げつけた。

暗くなるにしたがい胸の痛みは強くなっていく。長い時間迷っていたが、えりはやっとスマホを手に取った。呼び出しコールが二回鳴って、りくが出た。
「りく、酷いことを言ってごめんね」
それだけ言って、電話を切った。りくへの愛しさでいっぱいだった。
《四月十五日　えりの愛、僕は、感じたよ。僕は、頑張って全て受けとめるから、どんとこい。おやすみ、大好きなえり》
《四月十八日　えり、明るく過ごしてるか？　僕は少しえりが心配だよ。えり……、僕が好きなのは、えりだけ。他になにもいらない。えりが落ち込んでいたら僕も悲しいから。えり、愛してる、おやすみ》
《四月二十二日　えり、体、大丈夫かな。僕は、今、仕事が終わって食べるところです。食べ終わったら電話するよ。大好きなえり、またね》

《(怒ってるの?) もしかして何かあった? 大丈夫? えりと電話が通じないから、僕はこれから寝るよ。えり、大好き、おやすみ》

写真の一件以来、えりは自分を許せないでいた。りくへの返信も躊躇した。けれど、いつも心の底にはりくがいた。彼からのメールが遅いと、もう心が離れたのではないかと疑い、それでも、えりからは連絡を取ろうとはしなかった。そんな歪んだ自分の感情を嫌悪し、胸が潰れそうになると明け方までパソコンに向かい、心を守った。

連休には智也が帰省する。それまでに、仕事の区切りもつけておきたかった。

《四月二十七日 もうすぐ連休。えりは息子さんが帰ってくるんだね。ゆっくり体を休めてね。大好きなえり、おやすみ》

四月の末、連休に入ってすぐに智也が帰省した。

「仕事しなくて、大丈夫？」

キッチンに顔を出し、智也が言った。

「一週間お休み」

「ほんと？　ああいい匂いだ」

「ほら、智也の好物」

「……やっぱり旨いなあ、お母さんのシチュー」

スプーンを口に運びながら、おっとりと言った。

「大学で友達できた？」

「ああ、みんな秀才だよ」

「智也だって負けてない」

ふふ、と智也は笑って、

「世界は広いよ、優秀なやつがいっぱいいる。でも僕は出来得る限りの努力をするよ」

息子のそんなところがえりは好きだった。力を内に秘め、目標を掲げたら、それを手にするまで諦めない。

「おかあさん、僕には妹が居るんだって？」

「えっ」

それは日常の挨拶のような、何気ない口調だった。

「父親が学校に来たんだ。誰かに僕の入学を聞いたらしい」

「……いつかは話さなくてはって、思っていたの……十二歳の智也にはお母さん、とても話せなかった」

「解ってすっきりしたよ。両親の離婚の原因を知らないなんてさ」

智也はスプーンを置くと、ジーンズのポケットから封筒を取り出した。

「これ。入学祝だって、置いてったんだ」

「……そうなの……。智也持ってなさい」

「僕は毎月お母さんが振り込んでくれる生活費で十分。余分に持つと生活のリズムが狂うよ」

「……お母さんは、智也に何もしてやれないよね……」

「何で？　僕は感謝してるよ。父親にも言ってやったんだ、僕の家族はお母さんだけでいい、他にはいらないって。だから、心配しなくていいよ」

涙がこぼれそうで、えりは立ち上がってキッチンに向かった。強く蛇口を捻り、激しい水音の中で、堪えた。

外に子供を作った夫に未練はなかったが、智也の将来を思って苦悩した。しかし心が冷えてしまうと、一緒に暮らすのは苦痛だった。えりは迷いながらも離婚を決意して、夫に告げた。夫は妻の意志の固さに、家を置いて出て行った。それできっぱりと踏ん切りがついたが、「僕はお母さんと一緒にいるよ」そう言った智也が、本当はどう思っているのか、怖くて聞けなかった……。別れた夫は今更何を言いたいのか。智也を傷つけたくない……。

暫くすると、えりは普段の母親の顔に戻った。糠床の瓶から蕪を取り出すと、厚く切って青い皿に盛り、リビングに戻った。

「智也がね、父親たちに会いたい時はいつでも会いなさいね」

智也は、蕪をぽりぽりと小気味よい音をたてて齧り、

「都会では食べられないね、これは」

よく通る声で言った。そして子供を見守る父親の眼差しで、母親を見た。

智也が上京した後、寝室に放置したままになっていたスマホに、電源を入れた。りくの事はずっと気になっていた。

りくからの電話や、メールの着信が幾つもあった。

《五月一日　僕は寂しくて独りで飲んでる。えりは元気かな》

《五月三日　ずっとえりのこと、考えてる。何も楽しみがない。今も独り漫画喫茶の個室でただ漫画を読んでる。つまらない。僕は、えりのこと、大好き。……だから、いつまでも忘れないよ……》

えりは胸が詰まった。何か胸騒ぎを感じて、電話を掛けた。

「りく、ごめんね。連絡しないで……」

「……僕は……」

「ん?」

「……僕は嫉妬で、心がだめになった」

「えっ」

「……えりと電話が繋がらなくて……そうするうちに、僕は見えたんだ」

「……なにが」

「……息子さんとの団欒。……『お母さん』って呼ぶ、うれしそうな声が、僕にははっきり聞こえたんだ」

「……」

「……その時、激しい嫉妬が湧いてきて、心が裂けた……。でも、忘れないよ、えりのこと」

言葉が見つからなかった。ただ涙がぽとぽと落ちる。

「……えり、僕のためにもっと泣いて」

瞬間、ひやりとしたものが胸に触れた。冷ややかな目で、えりを眺めているりくを感じた。

「……ごめんね、りく……」

堪えられずに電話を切った。りくの病根は深い……。

無意識にだが、好きな相手の苦悩を喜ぶという嗜虐性。えりの涙を、りくは今楽しんでいる……。頬に残った冷たい水滴を、えりは両手で包んだ。

《五月十五日 僕は、真っ暗な世界で暮らしている。仕事が終わり、ふと我に返ると、なにをしていいのか分からなくなる。えり、体に気をつけて》

《五月二十日 じっとしていると、不安になってしまう。仕事の数字もだめになってきた。だから、僕は、仕事が終わると寝てばかり。睡眠中、幸せな夢を見ている時だけ僕は、安らぐ。夢から醒めるときは、怖いよ。えりは元気かな。ふたりのこと、というより、えりのことを、いつも想う。ただ、想ってばかり。でも、僕は、はっきり分からない……。苦しいから寝てしまうよ。大好きなえり、お休み》

《五月二十一日 えり、優しいメールありがとう。全然そんなことない。僕はえりに癒してもらってばかり。僕の方こそえりを傷つけたのなら、許して欲しい。大好きなえり、体に気をつけて》

りくのもつ極端な優しさと冷徹さ。それは彼自身も気づいてはいないだろう。好きだと言いながら会う気持ちはない。会ったとしても、再び純粋にえりを愛することは出来ないのだ。原因を作ったのは私だと思い、その事によって、りくの快復が退行するのを、えりは最も恐れた。

一日の仕事を終えて夜の静けさに身を置いた時、ふいに、りくへの愛しさが込み上げて来て、うろうろと部屋の中を歩き回ったりした。本を読んでも友達と電話で話しても、少しも心は晴れなかった。

そんな日々を送っているうちに、りくの誕生日が迫ってきた。ネックレスをもらった時から、誕生祝には、服をプレゼントしようと決めていた。デパートに寄るたびに見て歩き、りくに似合う服を見つけてあった。それを渡して気持ちに区切りをつけたい……。そう思い始めると落ち着かず、夜、りくに電話を掛けた。

「りく、誕生日がくるわね。渡したい物があるの。都合のいい日ある？」

「……来週、火曜日ならいいよ」

「じゃ、その日ね。その時、詩集だけは持ってきてね。文庫本はいいの」

「……うん」

「りく、元気出してね。私も頑張ってるから」

「……そうするよ」


火曜日になって、えりは薄手の、淡い若草色のスーツを着て、早めに家を出た。デパートに寄り、りくの服を買った。包装紙の上から水色のリボンを掛けてもらうと、えりの気持ちも、少し華やいだ。

駅に、りくは先に来て待っていた。

「初めて入った喫茶店に、行ってみない？」

「そうだね」

まっすぐ前を向いたまま、りくは言った。えりは膝に置いたリボンの包みを、そっと引寄せた。

喫茶店の駐車場に車を停め、車外に出ると、陽射しが強かった。店に入り、テーブルに向き合って座ると、りくは少し間をおいて言った。

「……えりは夏場でもホット?」

「ええ」

「ダージリン、ホットふたつ」

りくは言って、少し頬を崩した。

「りく、少し早いけど、二十七歳、おめでとう」

「……ありがとう……」

長い腕を伸ばして包みを受けとり、りくは暫く唇を噛んでいた。涙を堪えているのだと、えりには分かった。

「きっと、似合うわ。りくをイメージして、何度も探しにいったから」

「……僕は、えりが好きだ。だけど……」

「……ええ、解ってる。りくは自分の人生を一生懸命生きてね。私も負けないから」

「……」

紅茶が運ばれてくると、りくは静かに口をつけ、一口飲み終えるとカップを持ったまま、俯いていた。

急に立ち上がると、

「ちょっと、待ってて」

と、リボンの包みを持って店の奥に歩いていった。やがて戻ってきたりくは、新しい服に着替えていた。

よく似合っている……。変わり織りコットンの、半袖の白いシャツ。襟と袖口に小さな青い星が散っている。サイズも合っていた。立ち気味のカラーが、りくを凛々しく見せている。

「素敵だね」

「……僕は、うれしい……」

りくの頬が染まっていた。けれど目に光がなかった。……智也には強い光があ

る、どんな事があっても諦めない。そんな強さがりくにあったなら……。

「……私は、りくと出会えてよかった」

感情を抑えて言い、えりは立ち上った。

「……僕も……」

一瞬泣き出しそうな表情で、しかし真っ直ぐにえりの目を見て言った。

「りく、幸せだと思う日々を生きてね」

「……僕は……僕はしあわせなんかじゃなくていいんだ」

「どうして、りくが幸せでないと、私も幸せじゃないよ」

「……僕は……もう誰も好きにならない……」

「……」

りくはえりの手を握ってハンドルを操り、家の近くまで送ってきた。

「りく、元気でいてね」

「……えりも。でも僕は……」

「さよなら」

えりはやっとの思いで言って、車を降りた。

大きくUターンし、りくは戻って行った。急な坂道を下っていく車を、見えなくなるまでえりは見送っていた。胸が締めつけられる……。

「でも僕は……」の後、りくは何を言おうとしたのか。別れたくない、それとも、忘れない、あるいは全く別の言葉だったかも知れなかった……。それを聞く勇気が、えりにはなかった。

玄関の扉を閉めると、靴を脱ぎ捨てフローリングの床に蹲った。足の裏から冷たさがじわじわと染み込んできた。

《五月二十六日　服、ありがとう。あの服を着るとえりの気持ちが心の中に伝わって、僕は、透明になれる。また、メールするね。昨日は、ありがと》

《五月三十日　昨日、大変な会議があって。えりが恋しくなって、あの服を着たよ。五時間に及ぶ会議だったけど、気丈に頑張れた。えり、ありがとう》

《六月三日　僕は、えりと出会えてよかった。今朝、えりがお祝いのメールを送ってくれた十秒ほど前に、何か感じて、僕は、何故か静かなままのスマホを手に取った。すると、すぐにメールがきて、僕は驚きもせず、当然のようにメールを確認した。えりの想いを受け入れる僕の心の形は、既にえりと同調しててメールを文字ではなく、感覚で理解してた。ありがとう、えり、大好き》

えりは揺れながら、それでも慎重に自分の心を抑えた。いま決断しなければ、りくは未来に向かって踏み出す機会を失うだろう。辛くても静かに離れていく事が、りくへの思いの総てである気がした。

《六月二十二日　えりは元気にしてるかな。僕はジョギングをしてきて、いま蛍を見たよ。二匹が近づいたり離れたり、幻想的で。いつか二人で手を繋いで見ようね》

そんなメールや電話にも、えりは応えなかった。りくへの恋しさや愛しさ、きりきりした胸の痛みに耐えるように、仕事に没頭し、時々パソコンから離れては窓外を眺めた。

その二階の部屋の窓からは、山裾を流れる細い谷川がよく見えた。清流に木漏れ日が落ちて、水底の砂の粒子さえもが煌めく……えりは大きく息を吸った。

《九月十五日　こんな夜中にゴメン。……きっと、えりは頑張ってるんだね。僕はあれから、えりの誕生日に贈った手紙を読み返してみたよ。僕の中で再び何かが動き出すのを感じた。僕はえりと出会えて、幸せだった。えりにもらったあの服を着ると、自分が強くなっていけそうな気がするんだ。じゃあ、また》

りくの精一杯の別れの詞だ、と思った。

襟の小さな青い星がりくを強くし、幸せにしてくれるといい……。えりはソファに座って、最後になるであろうメールを、何度も読み返した……。

……りくが目の前に居た。透き通った体は耀いて、口から糸を出し、しきりに動き回っていた。糸は艶やかに光って、動くたびに少しずつ繭の形が出来ていく。見ているうちに体はますます透明になり、そして淡いクリーム色になった。繭の壁は次第に厚くなって、りくの体は見えなくなった。けれど、中で動く陰が、繭の外から見えていた。その陰も、やがて見えなくなった。

中から息使いだけが聞こえてくる。暖かな繭に包まれて、安心しきったりくの呼吸だ……。


りくはさなぎになって眠りに就くのか、りく！

自分のその声で、えりは目が覚めた……。

スマホを握ったままソファで眠っていた。エアコンの涼やかな風が胸元を流れていた。その柔らかな風の優しさがこんな夢になったのかと思ったが、目が覚めてからも、耀くりくの体は、ありありと瞼の底にあった。

奇妙な夢だった。けれど、繭の中で静かに時を待つりくは、やがて力を溜めて生まれ変わる。今度は薄みどりのかげろうではなく、耀う純白のアゲハ蝶か……。

きっと、りくは大きく羽ばたく、そう思えた。

夕暮れになると山全体から虫の音が響いてくる。聴くうちに魂までも揺すぶられ、えりは自分が浄化されていくようだった。

やっと、りくからの手紙やメールを読み返すことが出来るようになって、りくのまっすぐな思いが素直に伝わってきた。恋しさや愛しさに激しく揺さぶられる時もあったが、少しずつ静かな日常が戻ってきていた。

年末になって智也が帰省した。

買い物に一緒に出掛け、デパートの紳士服の売り場に智也を誘った。

「これ、智也に似合いそうね」

「……うん」

「昨日遊びに来てた中田君のコートもよかったけど、これも素敵だね」

「知ってたの？　僕が欲しい物」

「母親ですから。それにね、お母さんちょっと頑張ったからボーナスが出たの」

「ほんと？　よかったねえ」

「だから、このコートに決める？　ちょっと着てみて」

「うん」

こげ茶のダウンの七分コートだった。中、高校時代バスケットの部活を続けていた智也の逞しい脚、弾けそうなジーンズの腿に、コートはよく似合った。鏡の中に、日に焼けた長身の青年と小柄な母親が笑顔で並んでいる。

「智也にぴったりね」

言いながら、えりはそっと息子の背中に触れた。微かに、胸の深いところで揺れるものがあった。

智也が上京し、新しい年が動きはじめた。

その日は仕事の委託元の会社で新年会に誘われ、遅くまで時間を過ごした。みんなと別れて電車を降りると、白いものが舞っていた。

りくと初めて歩いた日が、ふいに浮かんできた。薄紅色に染まっていたりくの長い指……。気がつくとえりは夜の町を歩き出していた。時折頬に粉雪が当たるが、寒くはなかった。こんな夜更けに車も拾わず、女が独りで歩いている……それだけで非現実だった。

りくも智也も、もう眠っただろうか。そう思った時、ようやくえりは気づいた。りくと智也はメビウスの環なのだ……。

住宅がと切れると、原っぱだった。いつかダイヤモンドダストを見た場所だ。風が鋭い声をあげて吹き抜ける。えりはコートの襟を立てて坂道をのぼって行った。

灰色の雪雲が激しく流され、僅かに、濃紺の夜空が見えた。瞬間、息を呑むほど耀う、星の光が降ってきた。

著者紹介

野沢 霞　長野県生まれ

■受賞歴

【長野文学賞】小説部門　受賞作『青いビー玉』は芥川賞推薦作

選考委員　佐々木基一　久保田正文　渋沢孝輔
　　　　　入沢康夫　林俊　他

【若月文化賞】　受賞作『雪の原野にて』

選考委員　若月俊一　井上ひさし　渋谷康生
　　　　　橋田壽賀子　森崎和江　他

【おんなのエッセイ】　入賞作『赤い登山靴』

選考委員　森崎和江　村田喜代子　保田井進　他

他数編

■著書

『マリンブルー』　長野日報社、新聞の朝刊に連載された長編小説

『月を走る』　　　12 編の短編集。『青いビー玉』収録

『耀う』

カルチャースクール講師　　『雪国』の朗読・講演等

耀う

著　者　野沢　霞
発行日　2019年1月15日
発行者　高橋範夫
発行所　青山ライフ出版株式会社
〒108-0014
東京都港区芝5-13-11　第2二葉ビル401
TEL：03-6683-8252
FAX：03-6683-8270
http://aoyamalife.co.jp　info@aoyamalife.co.jp

発売元　株式会社星雲社
〒112-0005
東京都文京区水道1-3-30
TEL：03-3868-3275
FAX：03-3868-6588

ISBN 978-4-434-25361-4